吉田家

ユウタのお父さん
「定食屋よしだ」の店主。

ユウタのお母さん
定食屋を手伝っている。

みのり
ユウタの妹。

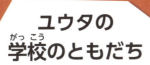

ユウタの学校のともだち

さくらちゃん
商店がいにある美容院の女の子。

エイキチ
商店がい近くのマンションにすんでいる。

がんちゃん
家は商店がいのおとうふ屋さん。

カップ★メン

作：川之上英子・健　／　絵：おおのこうへい

きみのカップめんは、
「3分（ぷん）」でできるかもしれないけど、
ぼくのはちがった。

ポプラ社

ピピピピピピ…！

台所からタイマーの音がした。カップラーメンができあがったんだ！

ゲーム機をじゅうでんしようとしていたぼくは、あせって、自分の部屋から出るときに、足のこゆびをぶつけた。

「くう、いったい！」

でも、いたがるのは、あとだ。なんていったって、
ぼくにとって記念すべき、
はじめてのカップラーメンなんだから。

いそいで台所へゴ―――――ぉおおお！

ななな、

なんだこれ！

台所に行くと、ぼくがお湯をいれたはずの
カップラーメンはなかった……。
　いや、なかったんじゃなくて、巨大化していた。
「だれ？　ていうか、これなに??」

カップラーメンのおばけ？　着ぐるみ？
　それは、シュタッ！　と台所からおりると、キリリとした顔で、ポーズをきめた。
「ワタシの名は、カップ・メン！」

「カ、カップ・メン？」

　ぼくはなるとのように
目がぐるぐる！
足のこゆびもいたい！

ど、どうして
こんなことに？

ぼくの名前は吉田ユウタ。
ぼくの家は、商店がいにある定食屋さんなんだ。
その名も、『定食屋よしだ』。
一番人気は、ごはんのすすむ「しょうが焼き定食」。
1かいが定食屋さんで、2かいが、ぼくんちになってるんだ。

「からあげ定食」や「カレー定食」、「ナポリタン定食」もあるよ。

今日は、作戦決行の日だった。
じつはぼく、定食屋さんに生まれたおかげで、食べたことがないものがひとつあってね。
それは、カップラーメン。

オレは
シーフード味が
好きだな

最近カレー味に
はまってるんだ

がんちゃん

エイキチ

さくらちゃん

いろんな味が
あるけど……

いっしゅう
まわって
しょうゆ味が
いちばんよ！

話に入れないぼくのかたをがんちゃんがたたく。
「ユウタ。カップラーメン食べたことないなんて、人生そんしてるぞ！」

それでぼくも、カップラーメンを買ってみることにしたんだ。お父さんとお母さんはお客さんに料理を出していて、ぼくには気づいていない。妹のみのりは、まだ保育園から帰ってないようだ。

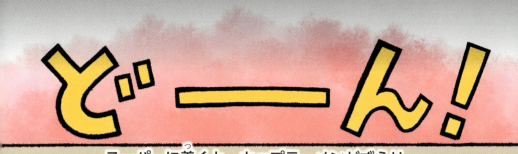

どーーん!

スーパーに着くと、カップラーメンがずらり。

シーフード味、カレー味、しょうゆ味、みそ味、とんこつ味、極激辛、なんていうのもある。どれにしようか、まよっちゃうぞ

たくさんならんでいる中のひとつが、キラリと光った気がして、しょうゆ味を手に取った。

吉田ユウタ、いよいよカップラーメンデビューします！

　ジョボボボボ、とお湯をいれて、3分たったらピピピと鳴るように台所のタイマーをセット！
　はじめてカップラーメンが食べられる……はずだったのにどうしてこんなことに。

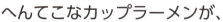

ワタシの名は、カップ・メン！

へんてこなカップラーメンが、ポーズを決めなおす。

ひとりだけど、カップ・メン！

あのさ、
『ひとりだけど、カップ・メン！』
って決めゼリフ聞いてた？

いや、なにが面白いかっていうとさ
英語で「メン」って
ふたり以上いるときにつかうのよ。
何人かいてこそ「メン」なのよ。
ひとりだったら「マン」なのよ。
だから本当は、ワタシもひとり
だから「カップ・マン」なんだけど
なにせ、カップめんだからさ。
ひとりなのにカップ「メン」
だってところが……

ハーーッ
ハッハッハッ
ハッハッハッハッ
ハッハッハッハッハッ

ひとりでしゃべって、自分でウケて
せきばらいをする。

わかんないか。
まあいいや

 なんだ、これは……。
「もしかして、ど、どろぼう?」ぼくがつぶやくと、
「しつれいな! こういうのがボワワ〜ンと出てきたときは、ハイ、だいたいなにがおこるでしょう?」
 えっ、きゅうにクイズ?

あっけにとられるぼくに、カップ・メンが言う。
「きゅうなことで、めんくらってるってわけだな。めんだけに」

「ほら、ワタシの作り方をよく読んでみろ。このあたりに書いてあるだろう？　こっちかな。いや、このへんかな」

　カップ・メンの背中にある「作り方」には、こう書いてあった。

①お湯をわかします　②フタをあけてお湯をいれます　③線ぴったりにお湯をいれることができたら、なんと！　３分で『カップ・メン』ができあがります　④『カップ・メン』にねがいごとを言います　⑤そのねがいごとがかなったとき、カップめんが食べられます

「おめでとう。きみはみごと線ぴったりにお湯をいれてワタシをよびだしたというわけだ」

　カップ・メンを、よびだした……この、ぼくが？

「え、じゃあ、たとえばクラスでいちばん頭がよくなりたい、とかも、かなったりするんですか？」

「もちろんさ！　ワタシにまかせておきなさい！いま学校で使ってる教科書、ぜんぶ持ってきて。さっそく勉強しよう。3年後にはかならず、きみをクラスでいちばん頭がいい男にしてやるぜ」

ええっ。チチンプイプイとかそういう呪文みたいなふしぎな力で、いっしゅんでかなうんじゃないの？まさかの、自分で努力する方式？

しかも、3年後には、って、それじゃ、カップめんを食べられるのは、3年後ってことになるよね？

「やっぱり、頭は、今のままでいいです」
　ぼくは言った。
「よし、じゃあねがいごとは、なににする？」
　うきうきした様子で、カップ・メンが聞いてくる。

「ねんのため聞きますけど、筋肉もりもりの
いい体になりたいっていったら……」
「さあ、トレーニングをはじめよう！」
「って、なりますよね……」

やっぱり、あれしかないな。
ぼくはめがねを光らせて言った。

　カップ・メンが、わりばしの入った ふくろを
ぼくの前におく。そのふくろには『ねがいごと』を
書く所があった。なんか、けいやく書みたいだな。
「えっと……おこずかいをあげてほしい……、と」

「よーし。まかせておけ。すぐにワタシが
お母さんに言ってあげよう」
と、カップ・メン。
　ほらね、これなら
ぼくががんばる必要が
ないし、カップめんも
早く食べられて、
一石二鳥。

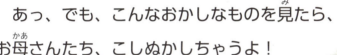

　あっ、でも、こんなおかしなものを見たら、
お母さんたち、こしぬかしちゃうよ！

「お母さんもね、カップラーメン、食べたかったのよ」

「定食屋さんなのに、カップラーメンが
食べたいなんて、なんだか言いにくくて」
「お父さんもだよ。定食屋の主人だって、
カップめんを食べたいときは、あるよね」

すると、みのりも、
「みのりもカップラーメン、食べてみた――い!」
といって、カップ・メンにだきついた。

ああ、みのりちゃんワタシをかじろうとしないでくださいよ。まだ、できあがってないですからね。
ハイ、そこでごそうだんです

カップ・メンがきりだした。

お父さんとお母さんは、それを聞いて顔を見あわせた。お母さんが言いにくそうに口をひらく。

私も、カップラーメンはとっても食べたいんだけど……おこづかいをあげるのはちょっと……

じつは、お客さんがへってしまって、店の売り上げが、きびしくてね。正直いって、店をつづけられるかどうかも、わからないんだ。だから今、おこづかいをあげてあげるのはむずかしいんだよ

知らなかった。うちがそんなにピンチだったなんて。

「ハ———ッハッハッハ、そうですか」
　カップ・メンがわらって立ちあがった。
「ワタシにまかせてください。ユウタくん。
いっしょに、定食屋さんの売り上げをあげて、
おこづかいアップのねがいをかなえましょ———う！
**それがかなうまで、ワタシ、ここに
いそうろうさせていただきます♪」**

みのり、もうまねしてるんだな

「むかーしむかし、おばあさんが川にせんたくに
行くと、どんぶらこ〜、どんぶらこ〜、と大きな
　　　　カップラーメンが流れてきました」
　　　　　　夜になってカップ・メンが
　　　　　　話している。

大きなカップラーメンを
食べたおじいさんとおばあさんは
オニよりも大きくなって
オニをたいじして
しまったのでした。

キャッキャ

みのりがねる前に、カップ・メンになにかお話を
してほしい、とだだをこねたのだ。

定食屋の売り上げもあげてくれるっていうし、お父さんもお母さんも、カップ・メンがうちに来てくれたのをありがたいと思っているようだ。
　その夜、ぼくは夢の中でゲームの主人公になっていた。いつもはカッコいいふくが選べるのに、なぜかふくが一着しかない。
　しかも、その一着が……

カップめんの着ぐるみだ！

うう、なんかこの着ぐるみ、重い。せまい。思うように、動けない。

はっと目を覚ますと、ぼくのベッドのぼくのふとんに、カップ・メンが入ってきてねていた。
「……ソファでねるって、言ってたよね」
「いやあ、きみが、あまり気持ちよさそうにねているものだから、ふとんとはそんなにいいものかと気になってね。一度入ってみたら、出られなくなってしまったんだよ。ハーッハッハッハ」
　……重い。そしてせまい……。

カップ・メンのおかげで
ね不足だ。
学校からの帰り道、
エイキチ、がんちゃん、
さくらちゃんが歩いてきた。
「おー、ユウタじゃん。いま帰り？」

きのう、公園
こなかったね。
どうしたの？

↑さくらちゃんちの
　ミッシェル

ああ、そうだった！
きのう公園でいっしょにゲームをする
やくそくをしてたんだ。カップラーメンを
食べてから、行こうと思ってたのに。

「あー、ごめん！　きのうさ、きゅうに、その……」
　きゅうに、カップラーメンがカップ・メンになっちゃって！　なんて言えないしな。
「じつは、うちの定食屋が、
かくかくしかじかで……」
　売り上げが下がってることを相だんしてみる。

「もしかして、新しいラーメン屋さんができたからじゃない？」

みんなが、あ〜、という顔をする。

「オレも家族で食べに行ったけど、思い出したら、また食べたくなっちゃったな、あのラーメン」

「そういえば、交番のおまわりさんも、出前とってた」

なるほど、うちのお客さんがへったのは、新しくできたラーメン屋さんの人気のせいだったのかも。

その話は、本当か!

みんなは目をまんまるくしている。

おとなしいミッシェルもほえた。

「ハーッハッハッハ。きゅうに目の前に本物のヒーローがあらわれたんだ、びっくりするのもとうぜんだ」

　ぼくがあわててかくそうとすると……。

「カップめんではなく、カップ・メンだ。よろしく！」

エイキチがこうふんぎみに、「ユウタ、カップ・メンと知りあいなの？ いっしょに写真とってもいい？」と、ぼくに聞いて、ぼくが答える前に、「もちろんだとも！」とカップ・メンが声をはった。

どんなポーズがお好みかな？

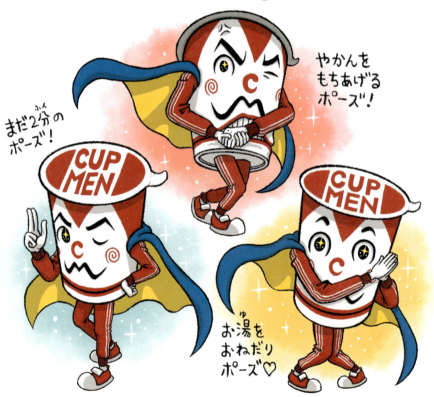

それを見て、さくらちゃんも、わらった。

カップ・メンは、さくらちゃんのハートもつかんでしまったらしい。

エイキチはポケットからケータイを取り出して、みんなが写るように、思いきり手をのばした。

ノリノリのカップ・メンをかこんで、「ハイ、チーズ！」。けげんな顔をしたぼくも見切れて写った……。

休みの日。
「えーと……。みんな、変そうしすぎじゃない？」

新しくできた『元祖やみつきラーメン』で
ラーメンを待ちながら、ぼくが言う。

「だって、ユウタが、ていさつに行こうって言うから。こういう感じかと思って」

ヒゲをつけたお父さんが声をひそめる。
金ぱつのカツラをかぶったお母さんは、

「行列が気になっていたのよ。
このお店ができて、
うちのお客さんは
へったのね」

店内はまんせき。少しあやしげな音楽が流れる店内で、
家族でラーメンをすする。ズズズズズ。う、うま———い！
「なんだか、もっと食べたくなっちゃう味ね」
とお母さん。お父さんも、
「たしかに、やみつきになるな」と、スープをゴクリ。

ところが店を出るころには……。

「あの店、どうやってつぶしてくれようか！ラーメンに、氷をいれて冷やし中華にしてやろうか。それとももめんを全部ちょうちょ結びにして、すすれないようにしてやろうか！」

「商売なかまでしょ。なか良くがんばるんでしょ」

「あいつだけは、がまんならない！　100回生まれ変わってもなか良くなれない！」

じつは、カップ・メンが、かえりぎわ店員さんに、
「いやあ、とてもおいしかったです。店長さんに
ぜひ、ごあいさつをしたいのですが」
と高級レストランにきたお客みたいに言ったのね。
　それで、店長さんがあらわれたんだけど。
「うちのラーメンは、うまかっただろ。そのへんで
売ってるカップめんとは、レベルがちがうからな」

カチーンと来たカップ・メンが、
「いや、そのへんで売ってるカップめんだって、すごく
おいしいと思いますけどね。しつれいですが、
この店のラーメンのほうが、口ほどにもないっていうか」
と、言いかえした。

ラスボスみたいな顔をした店長がにんまりする。
「そのわりに、汁までしっかりのんでいただいたみたいで。
まあ、正とう派の本格ラーメンが食べたくなったら、

いつでもまってるぜ」
　ひっひっひ、とわらわれてカップ・メンはいかり心頭だ。
「たっ、食べ物に、上とか下とか、正とう派とか
正とうじゃないとか、あります!?　ありませんよ。
それが食べ物のステキなところなんじゃないでしょうかね！
そんなこともわからないで、ラーメン屋をひらいているなんて、
あいた口がふさがりませんよ。
『多様性』ってコトバを知らないんですか??
あれもよくて、これもよくて、みんないいんですよ！
そんなわけでもう、帰ります!!!!」

「どうすればあのラーメン屋さんより、お客さんをよべるか、考えないと」

ぼくがうで組みをする。家族会議だ。

カップ・メンは、もうあのラーメン屋のことは思い出したくないとスネて、ソファにねころんで、スマホを見ていた。なんて大人げないんだ。

カップラーメンは、世界の食料問題もかいけつするかもと言われるすごい食べ物なんだぞ。

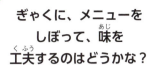

もっとメニューを
ふやしたらどうかしら

ぎゃくに、メニューを
しぼって、味を
工夫するのはどうかな？

でも、あのラーメン、むしょうに
また食べたくなるんだよな。
あんな料理が作れるかな？

「なにか特別なかくし味でも
つかっているのかしら」と、
お母さんが言うとお父さんも
たしかに、とうなずいた。

「いいところに気づきましたね、お母さん！」

「さっき、インターネットでお客さんの感想を見たんだが、あの店のラーメンを食べた人のやみつき度が、高すぎやしないかと気になってな」

　カップ・メン、スネながらも、調べてたのか。

カップ・メンは、むだに３回転くらいしてから、言いはなった。
「定食屋よしだの売り上げをあげる前に、まずはラーメン屋のひみつをあばくぞ、ユウタ！」

さっそうと家を出たカップ・メンを追いかけると、
あれれ。カップ・メンは、おまわりさんに
よび止められていた。
「あー、ちょっと。
話をきかせて
もらってもいいかな」

さいきん、カップラーメンのかっこうを
した、変な人が、近所をうろうろしてる
って、電話があってね。
きみ、にてるんだよね。

「ハーッハッハッハ、ワタシの名前は、カップ・メン！あやしいものではありません」
「どうみても、あやしいから。まず、その変なかっこうをぬごうか」
　おまわりさんが、どうにかぬがそうとする。
「これは、ぬげないの！　からだなの！」

ぼくは、あわててせつめいした。
「おまわりさん！　この人は（人かな？）、あやしい人じゃありません。うちに、いそうろうしてる、その……親せきみたいな人で」
「なんだ、ユウタの知りあいなのか」
　そうなんですと、ぼくが答え、なんだ、最初からそう言ってくれればと、おまわりさんが言い、ぼくもああよかったとほっとして、ふと交番の外に目をやったそのとき。ぼくは、目をまるくした。

おまわりさんがつぶやく。
「そうだよな、通報してくれた人は、『黒いカップラーメンのかっこうをした』変な人がうろうろしてる、って言ってたもんな」
　そしてぼくの目の前を、まさに今。
　黒い大きなカップラーメンが、ふつうに歩いて、通りすぎて行くところだった。

カ……カ……
カップ・メンが、
もうひとり！！！？？？

あれ見て！

びっくりしすぎて言葉が出ないぼくは、ひっしに
カップ・メンのうでをひっぱった。
「ユウタ、今、商店がいの平和を守る
おまわりさんとお茶しているんだ、あとにしてくれ。
ハッハッハ、すみませんね、落ち着きのない子で」
　おまわりさんとすっかりくつろぐカップ・メン。

ああ、黒いカップ・メンが角をまがって見えなくなっちゃう！
　どこに行くかだけでもたしかめたい。ぼくは交番を出て、黒いカップ・メンのあとをつけることにした。

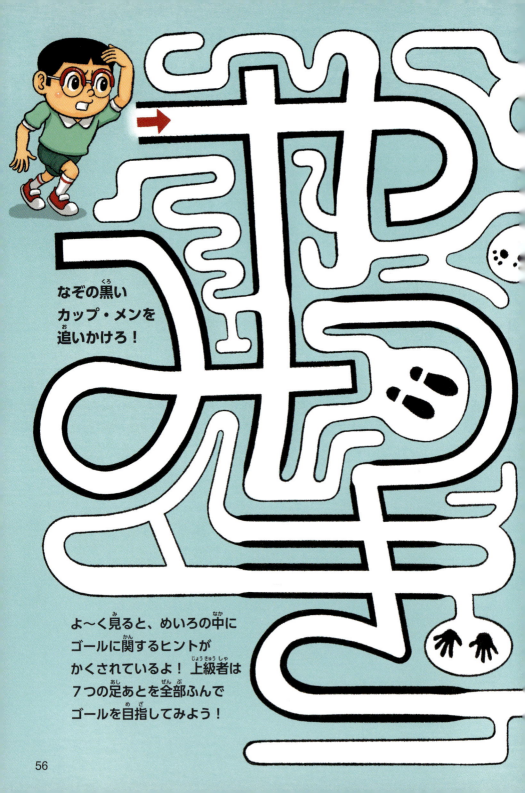

ぼくがばれないように追いかけていくと、
なんと！　その黒いカップ・メンは、
あの『元祖やみつきラーメン』に入っていった。
　ぼくは、そっと入り口で聞き耳をたてた。
「フッフッフ。オレさま、ブラック・カップメンが
開発した、この『やみつきパウダー』を
ふりかければ、そのラーメンが、とんでもなく
やみつきになってしまうのだ。
このいきおいで、日本一の人気店になって
みせるぜ、なあ店長」

なんでていねいなせつめい！　そういうことか！急いでカップ・メンに伝えなきゃ。ぼくは走りだした。つもりだったが、じっさいには、ちっとも前にすすまない。あれ、なんで？
　ふりかえると、ラスボス店長がぼくをひょいともちあげていた。

「今の話、聞いていたな」

ひゃあぁぁぁぁぁあ！たすけてぇぇぇぇぇぇぇ！

その手をはなしてもらおうか！

そこに、さっそうとカップ・メンがあらわれた。

「またせたな、ユウタ！」

「おそいよ、カップ・メン！」

それを見たブラック・カップメンが低い声でわらう。

ヒーローはちょっとおくれて登場したほうがもりあがるからな

いらないよ、そんなもりあがり

「フッフッフッ、しょうゆ味のカップ・メンか。見るからによわそうだな。相手はアツアツ極激辛のオレさまなんだ。本気を出さないとやけどするぞ」

カップ・メンは、ぼくに、ちょっとまっていろ、と言うと、いっぽ前に出た。
「体をほぐさないとな。メンだけに。
３分でケリをつけてやるぜ」
　カップ・メン！　か、か、かっこいいー！

夕ぐれ時の、ラーメン店内。
「ワタシが勝ったら、やみつきパウダーを使うのはやめてもらおう」

カップ・メンVSブラック・カップメン。
どんな戦いがくりひろげられるんだ！
すると、ブラック・カップメンは、持っていたストップウォッチをひとつ、カップ・メンにわたした。

「わかっているとは思うが、ストップウォッチを3分ピッタリに止めたほうの勝ちだ」
　ふたりがならんで同時にピッ、とストップウォッチをスタートさせる。
　しずかに3分を頭の中でかぞえるふたり。
　遠目に見ている、ぼくとラスボス店長。

なにを見せられているのかな？　これ戦っているんだよね。
ただカップラーメンができるのを
まっているふたりじゃないよね。

しかし、そこはひきょうなブラック・カップメン。

さっきスーパーに行ったら、極激辛が
いちばん目立つところに置いてあったぞ。
かわいそうに、しょうゆ味は、はじっこでほこりを
かぶってたぜ

……人気ないんじゃないか？

「そうそう、おにぎりにあうカップラーメンの味
　１位はしょうゆ味じゃなくて、みそ味らしいぞ。
　知ってたか？」
　おとなしく、３分数えさせてはくれない。

さらに、ラスボス店長がぼくのかたをつかんだ。

店長の右手には、『極激辛コショウ』と書かれたカンがにぎられている。なにそれ！

「その店長も、もとは、ものすごーく気の弱い男でな。日本一のラーメン屋になりたいっていう夢を、かなえてやるために、オレさまのコショウで性格を極激辛にしてやったんだ」

なんだって！

「へなちょこ小学生にコショウをかけられたくなければ、ストップウォッチをおいてもらおうか、カップ・メン」

それを聞いたカップ・メンはうーんと考えた。
「いや、ちょうどいいんで、かけちゃってください」
店長がぼくの頭の上でコショウのフタをあける。
ええっ、そんな!! みすてるの!? どうすれば!?
ぼくは、あわてて大きな声でまくしたてた。

こっ、こんなものをかけなくても!!
ぼく……いや、オ、オレは、じゅうぶん激辛だ!

このすっとこどっこいめ!
ブラック・カップメンだかなんだか
知らないが、黒けりゃカッコいい
と思ってるのか、ぼけなすの
おたんこなすの、へっぽこ
カップラーメンが!
まちがってイカスミの風呂にでも
入ったのかと思ったぜ!
そのイカつい顔を洗って、
出直してきな!

ぼくの激辛悪口に、
ブラック・カップメンが
まゆをピクリと動かした。

きゃ―――、やばい、やばすぎる。これ、本気でおこらせちゃった？
「……なんだと？」
いやあああ、こっちに来る!!!
ぼくの人生おわったんでしょうか!!!!
ブラック・カップメンが目の前に来て、ぼくに手をのばそうとした、そのとき。

「きっちり、3分だ」
カップ・メン!!

ブラック・カップメンがあわてて言った。
「ひ、ひきょうだぞカップ・メン！
おまえのところのへなちょこ小学生が、オレさまの
悪口をまくしたてるから、ついそっちに気を
とられて!!」
「ハーーッハッハッハ。ゆだんしたな、
ブラック・カップメン。
おまえはすでに、のびている！」

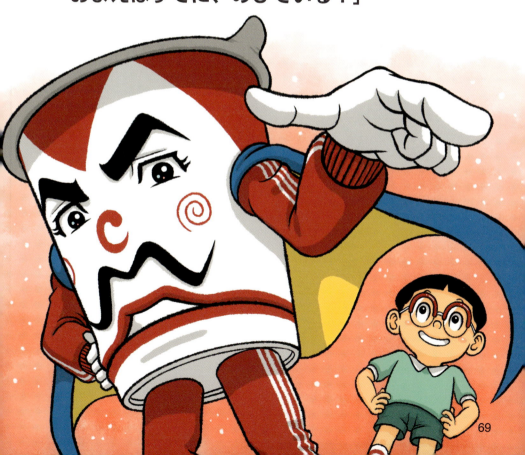

「たすけるつもりなら言ってよ！」
　ぼくがカップ・メンをなじる。
「ハーッハッハッハ、
なにがあろうと３分勝負で
負けるワタシではない」
　ブラック・カップメンは、
二度とやみつきパウダーを
使わないとしぶしぶ
約束した。

くっそう、ただの
しょうゆ味のくせに。
この期間限定・極激辛を
手玉にとるとは。
しかし、負けは負けだ

ハッハッハッ。
勝負はフタをあけてみないと
わからないからな

カップ・メン秘技！
『まろやかしょうゆの香り』

カップ・メンがラスボス店長に向かって、ポケットから出したうちわでやさしい風を送ると、
「ああ、なんてまろやかな香りなんだ……」
　店長の極激辛だった顔が、みるみるやさしそうな顔になった。これがもとのすがただったのか。

「ぼくは、ラーメンを作るのが大好きで、人気のラーメン屋になりたかったんですけど……。ぼくが手間をかけて作ったラーメンよりも、カップラーメンのほうがかんたんで、人気があるのがくやしくて。そんなにおいしいのかと思って、黒いカップラーメンを買ってみたんです」

「それがオレさまというわけだ。だから、手つだってやったんだがな」

「ブラック・カップメンは、やみつきパウダーで
ぼくののぞみをかなえようとしてくれた。でも、
ぼくは、自分の作ったラーメンの味で、
たくさんの人をえがおにしたかったんです」
　大きな体をしゅんとさせる店長さんを前に、
「ひとつ言わせてもらおう。店長さん」

カップラーメンは３分でかんたんにできると思っているかもしれないが、それはちがう！

カップラーメンだって、開発するたくさんの人たちが、いっしょうけんめい、あーでもないこーでもないと、みんなによろこんでもらうために、時間も手間もいっぱいかけて、作りあげたラーメンなんだ。

食べたい時には、３分でできるかもしれないが、そこには、たくさんのチャレンジがつまっているのさ

店長ははっとしたようすで、目をかがやかせた。

「そうですよね！　ぼくも、おいしいラーメンをみんなに届けるために、時間も手間もかけて、人気のラーメン店を作ってみせます！」

ブラック・カップメンは、ため息をついて言った。

「人間てのは、めんどくさい生き物だな。店長、おまえが、がんばりたいときに頭にまくやつ、あっただろう。あれ、もう一本あるか」

頭にまくやつって……これですか？

①ベルト

②はちまき

③へび

「はちまきにきまってるだろ！」

ブラック・カップメンは、はちまきを頭にまいた。
「しかたねえ。おまえの夢につきあうよ。おまえの
のぞみをかなえるのが、
オレさまの役目だからな」

そうして、店長とブラック・カップメンは全国の
ラーメン屋をめぐって、武者しゅぎょうするため、
商店がいを去ることになった。
「おまえらもなかなかスパイスが
きいてたぞ。それから……
ひきょうな調味料をつかって、
ごめんな……めんだけに」

「ブラック・カップメン、あんがい、いいやつだったね」
　その夜、ベッドの中で、カップ・メンに話しかけた。
「あれのどこがいいやつなんだ。虫めがねでさがしたって、けんびきょうでさがしたって、いい所なんかひとつも見つからないぞ」
　カップ・メンと、ブラック・カップメンは、見た目も性格もぜんぜんちがうけど、だれかの夢をかなえようとしている所は同じだ。
「戦いで、ビームとか出すのかと思った」
「勝ちたいときにビームなんか出してどうするんだ。出すのはちえとゆう気だろ。

今日も、ユウタがちえとゆう気を出してくれたから勝てたんだ」

「……ぼく、そんなもの、出せてた？」

「出せてたさ。ユウタが大声を出してくれてなかったら、負けてたかもな」

　わざとらしくグーグーと、ね息をたて、ねたふりをはじめたカップ・メンは、そのうち、本当にねてしまった。ぼくは、いつも自分のほうに一生けん命ひっぱっていたかけぶとんを、少しだけ、カップ・メンのほうに多くかけてあげた。

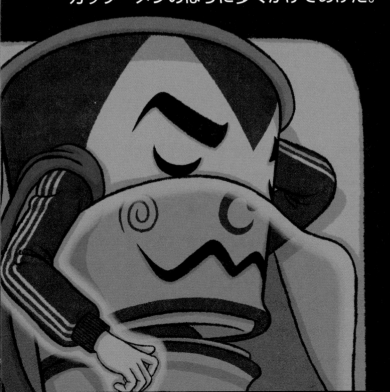

ちえとゆう気か。定食屋よしだの売り上げも、
ぼく、ちえとゆう気を出して、あげられたらいいな。

「ぐううっ！　ぐるじい！」
「朝からうるさいよカップ・メン」
　ふとんにくるまって文句を言うぼく。
「ユウタがワタシの上にのっかってねるから、
　苦しくておきたんだぞ！」
「いやだったら、ソファでねればいいじゃん」
「なんてつめたいことを言うんだ。ユウタ、
　二だんベッドを買ってくれ」

いまどきの小学生は
れいとうこのおくで
カチコチになってる
アイスよりも
つめたいな。

「カップ・メン、いつまでウチにいる気なんだよ〜」
　そう言いながら、ねむいあたまで想ぞうしてみる二だんベッド。下にぼくがねていて、上にカップ・メンがねている。ちょっとだけ楽しそう。
「ワタシは高いところは苦手だから、下にしてくれ」

　わがままだな。下のだんにカップ・メン、と想ぞうしなおす。まてよ？　下のだんにカップラーメン。二だんベッド……ならぬ、二だん弁当ってどうだろう!!!!!

　あれから、あのラーメン屋がなくなって、定食屋よしだには、お客さんがもどってきてくれた。でも、それでは「元にもどった」だけで
「売り上げアップ！」とまではいかない。
　そこで考えたのが、テイクアウトのお弁当。
ふつうのお弁当じゃないかって？　それが、
ひと味ちがうんだ。

ジャジャーン！　二だんになっているのだ。お弁当の下にはカップラーメン！　お湯をいれて、待つこと３分。上のだんの定食をのっけると、上のだんもあったまる。

カップラーメンを自分たちでも作れるなんて知らなかったけど、カップ・メンが教えてくれた。作り方はざっくり、以下のとおり。

①小麦粉とたまごと、なんやかやを、よーくこねる

②こねた生地を、よーくのばして、細く切って、めんにする

③めんにおいしいラーメンの味つけをして、あぶらであげる

これで、買った人がお湯を注げばラーメンになる。

　この定食屋よしだ特せい二だん弁当が、大当たり。
「なにもかも、ユウタとカップ・メンさんのおかげよ」
「ユウタがうちのピンチをすくってくれるなんてな」
「うりきれごめん、ってわけだな。めんだけに。ハーーッハッハッハ！」
　吉田家に、カップ・メンの高わらいがひびく。

カップ・メンは、ぼくに右手をさしだした。
「ユウタのおてがらだな」
　ちょっとてれくさいけど、カップ・メンとあくしゅする。てれくさいついでに、ぼくは言った。

「カップ・メンが、いてくれたからだよ」
「え？　なんて？　もう一回言っていただいても」
　ぜったい聞こえてたよね……。

学校帰り、さくらちゃんに話しかけられた。

「ユウタくん。商店がいの新聞、見たよ」

エイキチとがんちゃんも、

「おれも見た。すごいじゃん、新聞にのるなんて」
「オレもテイクアウトの弁当、買いに行くよ」

そう。じつは商店がいの新聞から取材が来たんだ。

「お店のかたに、話題のテイクアウト弁当について、インタビューさせていただきたいんですが」

まあそんなかんじで商店がいの新聞にのって、さらにお客さんがふえたんだ。

町内会新聞 ○月×日

大人気！新発想弁当

定食屋よしだの「三だん弁当」が今話題をよんでいる。「下のだんがカップめんなのがポイントです」と話すのは店長の吉田さん。思いついたのはなんと、息子のユウタくんだという。

みんな、気にかけてくれてありがとう。
おかげさまで定食屋よしだ、パワーアップしてふっかつしました！

おまわりさんもお気に入り

定食屋よしだの場所を聞きに交番をたずねる人も一だんとふえている。「これを食べると、午後のパトロールも元気一杯です。ラーメンだけに」と、えがおを見せた。

学校から帰ると、お弁当を売るのを、ぼくも手伝う。
「ユウタ、いつもお手伝いありがとう。そうだ！
お店の売り上げがあがったから、やくそく通り、
おこづかいをあげなきゃね」
と、お母さん。えっ。ほんと！
「お手伝いもしてくれるし今までより300円UPよ」
すごい……おこづかいが、本当にあがった‼
チチンプイプイもふしぎな力も使わなかったのに、
かなえたいって言ってたねがいがかなうなんて。

しょうが焼き弁当ですね。ありがとうございまーす！

300円 UP!

ぼくは早くカップ・メンに知らせたくて、
家のかいだんをかけあがる。

そのとき、ピピピピピ、とタイマーの音がした。
台所には、おいしそうな湯気をほわほわと出す、
できあがったばかりのカップラーメンがあった。

　まさしく、ぼくがカップラーメンをはじめて作ったときにおいた場所だ。

「カップ・メン……」

　ぼくの夢が、かなったからだ。カップ・メンは、カップラーメンになったんだ。

こんなことなら……。

こんなことなら、もっと、ずっといっしょにいられるようなねがい事をすればよかった。

ぼくは、台所で湯気を立てるカップラーメンに言った。
「ぼく、ねがいごと、変えます。おこづかいアップはやめて、やっぱり、
イケメンになりたい、にします。……めんだけに」

しーん……

「ユウタ、ぼーっとしてると、のびるぞ。のびたカップラーメンほど残ねんなものはないからな。ぜひ、一番おいしい時に食べてくれ」

　そんなカップ・メンの声が聞こえた気がして、ぼくは、カップラーメンのフタをあけた。

　はじめての、カップラーメン。

「おいしい……本当においしいよ、カップ・メン」

　そうだろう。本当においしいだろう。
ハ―――ッハッハッハ！
　今度は本当に声が聞こえた気がする。

!!!???　おどろいてふりかえると、

カップ・メンがぼくの顔をのぞきこんでいた。

「カ、カップ・メン‼　どうして???」

カップ・メンは、みけんにしわをよせて言った。
「ユウタの書いたねがいごとなんだが」
　カップ・メンは、ポケットからわりばしの
ふくろを出して、ぼくが書いたねがいごとを見せる。

ユウタ、字、まちがえてたぞ！

「『おこずかい』じゃなくて『おこづかい』だ。
これじゃあ、ねがいごとは無こうだ」
「じゃあ……今ぼくが食べてるカップラーメンは？」
「それは、やさしいワタシが買ってきた、ふつうの
カップラーメンだ」

せっかくがんばったのに、
カップラーメンを
食べられないのも、
かわいそうだと思ってな。

「そんなわけで、ねがいごとからもう一回、やりなおしだ。さっき、ねがいごとを『イケメンになりたい』に、変えたいって言ってたな？」
「たしかに、言ったけど……」
「そのねがいごと、引き受けました！　いいかユウタッ！　見た目をかっこよくしたければ、中身をみがかないといけないんだ！　そんなにすぐにはイケメンになれないぞ、かくごしたまえ。ハーッハッハッハッハ！」
　そしてカップ・メンは、つけくわえてこう言った。

「それがかなうまでワタシ、ここにいそうろうさせていただきます♪」

「カップ・メン!!!」

　ぼくは、たまらずカップ・メンにだきついた。

　二だんベッドを買ってもらわなくっちゃ。

　でも、今日はいっしょのふとんでぎゅうぎゅうでねるぞ！

そんなわけで。きみも、カップラーメンを買うときは、よく見たほうがいいかもしれないよ。
「それ、本当に3分で食べられるカップめん？」

カップ・メン①
カップ・メン

発行	2024年12月　第1刷
作	川之上英子・健
絵	おおのこうへい
発行者	加藤裕樹
編集	林利紗・髙林淳一
発行所	株式会社ポプラ社
	〒141-8210　東京都品川区西五反田3-5-8
	JR目黒MARCビル12F
	ホームページ　www.poplar.co.jp
印刷・製本	中央精版印刷株式会社
本文デザイン	大野耕平
カバーデザイン	野条友史(buku)
校正	株式会社鷗来堂

ISBN978-4-591-18304-5　N.D.C.913　95p　22cm
© EIKO KAWANOUE・KEN / KOHEI OHNO 2024　Printed in Japan

落丁・乱丁本はお取り替えいたします。
ホームページ(www.poplar.co.jp)のお問い合わせ一覧よりご連絡ください。

読者の皆様からのお便りをお待ちしております。いただいたお便りは著者にお渡しいたします。

本書のコピー、スキャン、デジタル化等の無断複製は著作権法上での例外を除き禁じられています。
本書を代行業者等の第三者に依頼してスキャンやデジタル化することは、たとえ個人や家庭内での利用であっても著作権法上認められておりません。

P4186001

※うしろ首のしめイスの見本⑬

問題：P37でエイキチがとった